충만한 사랑

김남조 18시집

충만한 사랑

金南祚 詩集

열화당

# 책머리에

사람은 저마다 한 권의 책이라고 말할 수
있습니다. 그치지 않는 상념의 강물은 말과
글로 드러내지 않더라도 이것은 매우 특별하고
진지하며 또한 심각합니다. 우리는 서로 이
책을 읽어 줌으로써 자기 안에 잠자던 진실을
깨워내고 인간성숙의 몇 걸음을 더 나아갈 수도
있을 것입니다.

이 시대 우리의 현실은 평화와 위안이 격심한
궁핍에 처해 있으나, 우리가 기억해야 할
긍정적인 면은, 우리가 태어날 때 인류문화의
거대유산을 상속받았고 이것은 이후에도
절대풍요이자 인간의 영원한 대지大地이며,
따라서 지금과 후세대까지 사랑은 충만하리라
믿어집니다.

나는 만년의 으스름 저문 날을 살면서도, 보고
느끼고 깨닫고 감동하는 바에서는 변함이

없습니다. 삶의 본질, 그 의미심장함과 이에
응답하는 사람의 감개무량함, 살아가면서 더디게
성숙되어 가는 경건한 인생관, 이 모두 오묘한
축복이며 오늘 우리의 감사이자 염원입니다.
『충만한 사랑』의 글들을 쓰면서 이러한 생각들이
떠나지 않았습니다. 가능하다면 이후에 또 한
권의 시집을 펴내고 싶습니다.

김남조

# 차례

# 2

# 3

# 4

# 5

1

# 구원

사람에겐
그의 반쪽이 어디엔가 있다 한다
눈이 안 보이거나
음성이 잦아든 이도
서로를 알아보며
이름 부를 수 있다 한다
정신이 혼미하면
영혼으로 알아낸다

누군가가
하늘을 향해 외친다
주님 외엔 아무도 오지 않았습니다
주님이 응답하신다
내가 너의 그 사람이다
와서 안기거라

# 순교

예수님께서
순교현장의 순교자들을 보시다가
울음을 터뜨리셨다
나를 모른다고 해라
고통을 못 참겠다고 해라
살고 싶다고 해라

나의 고통이 부족했다면
또다시 십자가에
못 박히련다고 전해라

# 승천 · 2

어둠에 포개진
그림자이거나
얕게 누워 오는 물결처럼
포수는
인기척 없이 다가가서
사슴의 심장에
산탄 쇳조각들을 쏘아 넣었다
총상을 입은
처녀인 사슴은
복된 자의 최후처럼
유순하게 승천했다

숨지기 전에
사슴은
사냥꾼의 눈을 보았고
용서를 구하는

그 마음을 읽었다
사슴은 그를 용서했다
그리고 죽었다

# 아버지의 초상

겨울은 아버지의 계절이다
말을 줄이고 일만 하는 아버지
혹한 추운 날엔
휴우 휴우 휘파람을 분다

숲에 논밭에
사냥터와 낚시터에도
아버지가 있다
인류사의 첫날부터
아버지는 일하는 사람
일하고 일하여
가족들의
먹고 마심을 채워 준다

자연보다
더 큰 분이 없고

자연을 눈 아래 두어도 안 된다
이 진리를 아는
아버지의 겸손은
가려진 묵시默示를 읽고
먼 우레의 구령을 들으면서
언제나 일한다

겨울 낮달의
어스름 희미한 달무리
웅얼웅얼 울리는
광야의 기도소리에
아버지는 눈시울을 적신다
온 세상은
아버지의 학교이고
아버지는
평생 동안 배우는 학생이다

강하고 외로운 아버지
시인이자 철학자이며
무한 사랑인 우리의 아버지들을
오늘의 세상에선
문안이 아닌
문밖에 세워 두고 있다

23

# 망부석

해 저문 어스름의
강 저켠에
사람 하나 어둑어둑 보인다
쌓이는 나달이
책장처럼 부풀어도
그 사람 한자리에 보인다
옛날의 호롱불
그쯤으로 희미해도
그 사람 보인다
사람 같은 돌 하나
돌 같은 사람 하나
어둑어둑 보인다
세월 더욱 오고 가도
그 사람 저기 있다
어둑어둑 보인다

# 눈물

너에게 눈물을 주마
흡족한 수량으로 주리니
넉넉히 물 쓰거라
눈물이 그리도 많은가고
너 묻는 것이냐

백만초목의 영롱한
이슬 눈물
땅속에 연실 푸는
지하수 눈물
눈과 비 그 습습한 우수의
하늘 눈물
내 눈물은 미세한
그 한 방울일지라도

나에게

다른 눈물은 더 없다
이것을 너에게 주마
… 먼 사람아

# 나그네

내가 성냥 그어
낙엽 더미에 불붙였더니
꿈속의 모닥불 같았다
나그네 한 사람이
먼 곳에서 다가와
입고 온 추위를 옷 벗고 앉으니
두 배로 밝고 따뜻했다

할 말 없고
손잡을 일도 없고
아까운 불길
눈 녹듯 사윈다 해도
도리 없는 일이었다

내가 불 피웠고
나그네 한 사람이 와서

삭풍의 추위를 벗고
옆에 앉으니
내 마음 충만하고
영광스럽기까지 하다
이대로 한평생인들
좋을 일이었다

# 개미마을

산불이 이어져
죽음의 파도가 휩쓸었다
나무들이 죽고
돌도 피부가 불에 타 벗겨졌다
그러나 개미들은
일부 살아남았다
땅속에 길을 트고
둥지도 얼마간 수습했다
살아남은 개미들이 만나
네가 살아 있어 고맙다
너도 살아 있어 고맙다고
서로 인사한다
개미들의 눈에
눈물이 가득하다

# 석류

진홍 장미
일만 송이의 즙이
석류 살비듬에 고여
진홍의 단맛으로 영글었다

나는 붉은 사랑이야
붉은 유혹이야
붉은 가책이야
나는 붉은 노을이야
붉은 불면이야
나는 붉디붉은
심장이야

# 그들의 봄

봄이 아슴할 무렵
나는 겨울나라에 도착했다
이곳 사람들은 모두가
겨울의 원주민이며
환한 미소로 달걀의 부화를
기다리고 있었다

겨울은 자애롭고 강건한 아버지
그 품속은 졸음 오도록
따뜻하다

삼동三冬의 주름살 갈피에서
노란 햇솜뭉치의
병아리들이 태어날 때
이곳 사람들은
서로 머리를 끄덕이며

더러는 포옹하면서
이제 봄입니다
이제 봄입니다라고
인사를 나눈다

# 우는 사람

누가 우는가
울려고 태어난 사람인가
울면서 한평생이려 하는가
그 사람의 그 사람이 함께 우는가
그래서 더 섧은가

울지 않는가
울음 그쳤는가
울음 끝내고 멀리멀리
손잡고 사라졌는가

# 낙엽

단 한 번
결연한 추락으로
땅 위에 뛰어내리는 낙엽들
그랬었구나
그랬었구나
처음으로 눈 뜬 사람처럼
오래 바라본다

날이 저문다

2

# 천일千日

천 번의 해돋이와
천 번의 해넘이
내 침묵의 천일쯤이 저물 무렵에
천둥번개가
단칼로 번득였다
「그대 생각을 많이 합니다」라고
그가 말했다

# 행복

후두둑 주룩주룩의 빗소리
듣기 좋은 것이구나
날 저물고 밤 깊도록 음악만 듣는
청승도 괜찮은 것이구나
내 몸속 오장육부의
오늘 날씨 쾌청하니 고맙구나
바람 오는 거 가는 것도 오묘하구나
오만 가지 조화 중의
사람 사는 일 신비이며 복이구나
오늘은 기도조차
송구한 공휴일이구나

# 상사병

불치의 내 상사병
백 년 세월에도 못 고치는
만성질환이
죽을 죄로 부끄럽습니다

철거덕 철거덕
철로 위를 달리는
무쇠바퀴 한 틀도
더러는 멈추었다 가련만
원수 같은 상사병은
나 죽은 후에도
심장이 살아남아 두근두근
맥박 치면 어이할까요

아닙니다
생손톱 하나 뽑아

피 묻은 그대로
그 사람의 속주머니에
넣어 보내지도 못했으니
참 상사병이나마 되겠는지요
그저 아득합니다
아득합니다

# 성냥 · 2

성냥을 그어도 될까
유황과 화약지가
몸 서로 맞닿으면
불의 병정들
순식간에 모여 붐빌 텐데
바람 한판 거든다면
불의 전쟁터 뻔할 텐데

그렇거나 말거나
성냥 확 그어 버릴까
아니야
성냥을 멀리 던져 버려
커다란 포물선으로
아득히 보내 버려

그런 다음

땡볕에서 온종일

슬픈 곰처럼 울어 버려

# 동행

그대 함께 가고 싶어

등짐 무겁고 신발 해져도

포승으로 두 팔이 묶인다 해도

그대 있어 그대 있어

안도하고 싶어

다음 세상의 끝날까지

끝날 그다음에도

그대 함께 있고 싶어


천하시공天下時空과

무궁세월無窮歲月 마저 뭉개지는

어느 때 그쯤에는

어떤 연분도 손 놓고 쉬리니

우리도 그리하자

# 햇빛 쪼인다

죽음이 업고 간 이들
아니 돌아오고
절통의 가슴앓이도
뒷소식 못 들었으나
보아라 푸르청청 아른아른의
햇빛 피륙들이
부시게 너울거려
빛의 금가루 자욱하다

한데 이를 어쩌나
자신의 재주가
옛날에 못 미친다며 눈물 흘리는
늙고 초췌한 마술녀魔術女 옆에서
내가 그녀라는 생각
아무래도 그녀라는 생각
거듭 치받는다

그러면서 지금
내 몸의 뼈의 골수까지도
햇빛 쪼이니
복 받는 일 아닌가
복 받는 거 모른다면
안 되는 일 아닌가

# 심장 안의 사람

사람 하나
나의 심장 안에서 산다
착오로 방문한
우주의 여행자였으리

아찔하게 감당이 어려운
이 손님에게
나는 머무르라 했고
나 사는 동안
떠나지 말라고도 했다

그다음엔
눈 내리듯 춥고
겸손한 소망 하나가
보호자 없이
태어났다

# 거울

오늘도 날 저무는구나
혼잣말했을 뿐인데
한 메아리 빛살처럼 돋아나
함께 울리고 사윈다

누군가가
거울 속에 그 모습 비췄는데
다른 누군가가
설풋이 어른거리곤
무형의 지우개로 지워진다

마음의 글씨도
복사기에 찍히나 보다
두 마음 하나일 땐
이리되나 보다

# 대륙의 산

미국 대륙은
명산 하나 보고 오는 일이
세상 한 둘레 같다
가로등 줄무늬 황황한 불빛이다가
산 첩첩 그간엔 검은색 한 빛이다
다시는 못 오리니
인사하고 가야지
「산 중의 산이시여
한국에서 온 개미 하나
다녀갑니다 내내 평강하십시오」
산이 대답한다
「낯선 사람아 잘 가거라
그리고 내 옷깃의 한 자락을
추억으로 지니거라」

# 잘 가세요

잘 가세요
이 말은 풀벌레들이
한 철을 울고 간
끝의 말이다
수틀에 수실을 기워 넣는
겨울 산수화의
으스스 추운 말이다

잘 가세요
공중에 뿌리는 뼛가루의
희디 하얀 말이다
천지간에 자욱한
유언이다

# 겨울 초대장

어서 오십시오
공해 없는 하늘에서 몽롱히 내리던
옛날의 백설白雪로 오십시오

더 어른이 된 추위
더 장중해진 침묵
봄을 잉태한 모성의 몸으로
한 땀 한 땀의 바느질처럼
생각 깊게 오시는
올해의 겨울이여
당신의 숙소를 마련하고
저희가 기다립니다

창호지 한 장의 칸막이를
사이에 두고도
집과 바깥세상이

넉넉히 평온하던 시절
그때의 아이들이
어른 되고 노인 되어
당신을 기다립니다

지금 세상은 꽃과 사람까지도
기계로 만드는
촉광 밝은 문명이지만
옛날의 예술이 존경스럽고
그 덕성이 빛부십니다

서릿발 같던 충절과
순교도 불사하던 신앙을
오늘의 저희가 배운다 해도
안 되는 일 아니겠지요

겨울이여

평생에도 못 써 볼

준열한 시여

# 사치한 농담

아침엔 내가 가라 해서
그는 일터로 간다
그래서 내 옆엔 그가 없다
저녁엔 내가 쉬라고 해서
그는 그의 낙원으로 가고
내 옆엔 그가 없다
저만치의 아련한 웃음소리

무슨 말인가고?
쓸쓸해서 지껄여 본
내 사치한 농담이야

3

# 학교

풀들의 학교에서
공부하는 풀들은
죄가 하나도 없습니다
다만 교과서가 어려워
진도가 느린 풀이 있습니다
사람도 학교에 다닙니다
사람이 배우는 책은
저마다 다른 내용이어서
많이 생각해야 합니다
사슴과 호랑이와 갈매기들
바람과 비와 무지개까지
세상의 모든 것이
학교에 갑니다

이 학교들
졸업이 없습니다

# 어머니

겨울비 멈추고 눈 내릴 때
어머니, 보고 싶었습니다
눈 멎고 그믐달 아슴할 때
어머니, 보고 싶었습니다
달이 사위고 온 하늘 별밭일 때
어머니, 보고 싶었습니다

태어나서 가장 기막힐 그만큼
지금 보고 싶습니다
어머니

# 고요

눈 그친 밤
고요한 밤
눈 그친 밤
고요한 밤
눈 그친 밤
고요하지 않은
이 밤

# 후일後日

나는 멈춘다
당신도 멈춘다
나는 떠난다
혼자 가는 건 아니고
다섯 살 나이의 어린 당신을
귀하게 품고 간다

세월 안에서
세월을 섬기며
모성만발의 축복으로
아기 기르며 살련다

오랜 후일
당신이 다시 어른이 되는 날엔
뒤뜰 대숲의
안 보이는 바람으로

나는 살으리

오래 살으리

# 천금의 찰나

초침 몇 둘레가
천금의 찰나들을 싣고 갈 때
사람의 몸은
피가 역류했으련만
그 전율을 실감한 이 없다

초침 몇 둘레가
천금의 찰나들을 폭파시킬 때
쇠부스러기의 분진이
천지에 자욱했으련만
아무 일 아니듯이
묻혀 버린다

# 빈 의자

사랑하는 이는 누구나
운명의 끝사람입니다
다시는 아무도 오지 않는다는
순열한 일념으로
그에게 몰입합니다

그러나 수심은 깊고
햇빛은
어느 중간까지만 비춥니다
꽃시절이거나
첫눈 내리거나에 상관없는
어느 날
끝의 사람이 떠납니다
끝의 사람이 떠납니다

마침내의

끝손님은

하나의 빈 의자입니다

# 운명

음식을 덜어내듯
내 안의 너를 얼마간 떠낸다
네가 줄어져
이만하면 너를 업고
사막을 건널 수도 있겠다고
적이 안도安堵한다

그런데 아니다
너를 덜어내고도
너는 많이 남아 있고
내가 줄어져
오장육부 수척하고
눈 침침 귀 먹먹의
몰골이 되었다

운명이다

너는 나의 운명이고
나는 너의 운명이다
그러니 운명끼리 손잡고
땅끝 너머 더 끝까지
가야 한다

# 문안 · 2

산불이
달리는 군대처럼 지나간 후
개미굴은 무사할까
땅속 깊은 곳의 개미공화국은
이에 대비했을까
산새들 꿀벌들은 무사할까
저들의 나침반은
안전한 상공을 짚어 주었을까

옹달샘은 무사할까
백 번보다 더 많이
불에 그을린 피부를 벗겨내고
눈물 같은 맑은 물로
채워졌을까

판도라의 상자 속

마지막 한 부스러기의 희망은

남아 있는지

그렇다면 된다

모든 살아 있는 것의 붉은 허파가

맥박 치면 된다

# 누에 이야기

누에 하나가
천오백에서 이천 미터까지의
명주실을 풀어낸다
사료에 색소를 배합하여
열 가지 색깔의 실을 뽑아
문양도 다채로운
비단피륙을 짠다

명주실을 내어 주고
누에가 생애를 마치는 과정도 달라졌다
누에는 죽지 않고
나비가 된다
비단을 선물하고
날아오르는 나비들은
사람 중의 초인超人 같다

나비들아 이제는
꽃밭에 들거라

# 안개

사람의 마음 안엔
빗장 없는 문이 있고
문 저쪽에
의자 두 개
한쪽엔 사람이 있고
하나는 비었다
누가 저 자리를 비웠는가

지금 세상에서
제일로 유명한 고독인가 하는 것이
운집하여 안개로 서려
저기 앉았나 보다

# 완전범죄

해적들이 숨긴
진귀한 보물을 찾으려고
탐험가와 국가들까지
지략과 재물을 쏟았으나
아무도 얻지 못했다

이에 생각할 바 있다
그들 중의 누구도
비밀을 누설하지 않았던 점이다

사람의 보물은
사랑이란다면
영혼에 전류 오는
참사랑이란다면
누설하지 마라
발각되지 마라

해적들의 지혜로

광맥처럼 안전한

완전범죄를 이루어라

# 어둠

한쪽 길은 하느님이
가지 마라 하시고
다른 한 길은
사람이 못 가게 막아선다
알았다 내가 잘 알아들었다
하여 어느 길에도
들어서지 않고
눅눅한 흙바닥에
십 년도 백 년도 엎드려 있으마
한심하고 불쌍한 몰골로
숨만 쉬고 있으마

# 시간에게

시간에게 겸손하기

시간의 식물원에 물 주기

시간 안에서 용서받기

시간의 탓으로 돌리지 말기

시간에게 편지 쓰기

시간에게 치유받기

시간 속의 꽃을 찾기

시간의 말씀 듣기

시간에게 고백하기

시간에게 참회하기

시간 안에서 잠자기

시간 안에서 오래오래 잠자기

훗날에 그리하기

4

# 주물

불에 달군 쇠붙이를
두드려서 다시 불에 굽는다
몇 번이고 되풀이하는 주물기법이
나는 무섭다
내가 저 쇠붙이라면
사랑도 버릴지 몰라
신앙도 버릴지 몰라
다만 영혼은 영생이니
수없이 불에 들어가
불에 굽히리라

# 하느님의 조상

암암한 허공이
검은 새들의 날갯짓 사이로
밤눈처럼 내려 쌓일 때
내가
한 장의 종이로
추락하고 있었다

백날의 낮밤 같던
시간의 길고 뻑신 기력이 마침내 쇠잔하여
종이가 땅에 닿을 때
한 분 어른이
먼저 와 계셨다

누구신가
하느님의 조상이신가
젊고 아름다운

주님 그리스도가 아닌
늙고 자애롭고 지친 모습이나
압도하는 신비로움으로
분명 하느님이셨다

둘레가 천지개벽하여
아침으로 바뀌고
흩어져 있던 가련한 종이들의
멈추었던 심장이
일시에 맥박 쳤다

# 기도 연습

강하신 주님
주님께선 이기시고
저는 패하였습니다
하오니 이쯤으로 접고
주님과 제가
다시금 평온하길 바랍니다
주님께선
힘을 더 기르시고
저는 날마다 밤마다
지는 공부에
충실하겠습니다

# 순국용사들

국기를 한 치쯤 내리고
장중한 연주를 울리며
도열한 병사들이
오열로 바치는 묵념
그러나 이쯤으론 안 됩니다
하느님께서 눈물 한 주름을
흘려 주셔야 합니다

살려주소서
도와주소서
죽어 가면서 되풀이 되풀이로
탄원을 바친
가련한 당신의 자식이
이들 순국용사입니다

# 주일 미사

천주교 성당엔
십자가에 못 박히신 예수를
십자가틀에 얹은 채
제단 정면에 모셔 둔다

기도소리 찬미성가 우렁찬데
한 분 구세주는
십자가에 못 박히신 그 모습이다
「아버지여 아버지여
어이해 나를 버리시옵니까」
그 말씀뿐이다
높고 높은 정수리까지 서려 있는
구세주의 고독은
홀로 장엄하다

# 낙태아를 위하여

시인이 세상 떠나면
시의 올챙이들은 개구리 되어
개굴개굴 우는 일 못 하겠구나
하물며 모태에서 죽은
사람의 낙태아들
이를 어쩌나 어쩌나

사람은 잉태 순간에
몸의 짝인 영혼이
먼 데서 깃을 치며 온다는데
몸 없는 아가의 영혼
어이되나 어이되나
아가의 심장을 부풀리던
생명의 풀무는 누가 불 껐으며 이때
천둥도 아니 울렸는가

죄 없이 돌아가신

하느님께서

죄 없이 죽은 아가들을

품에 안으시고

천국으로 가자 천국엔 죽음이 없다고

없다고 없다고

울며 달래신다

# 지진

사진 찍지 마십시오
티브이의 영상도 삼가 주십시오
모두 비켜 서십시오
침묵만 놔두십시오
지진의 파편 더미에서
살 터지고 피 마르며
죽은 이들입니다
절망이나 비통쯤이 아닙니다
훨씬 그 이상입니다

누가 갚을 죄일까요
혹은 하느님의 잘못일까요
그럴까요

# 죄

올올이 숨 쉬는
생모시 한 필을
날이 선 가위질로 두 조각 낸 일
용서받을 수 있을까

사람의 마음도 혈관들의 피륙인걸
검은 손으로 잘라 버린
내 죄를 어이하리

천길 벼랑에서
사람 하나 뛰어내리게 한 일
아니고
사람 하나 버려두고
내가 뛰어내린 죄여

아마도 백 번은

벼락 맞을 게야

# 비통

비통도 양식이니
조석朝夕으로 내가 먹으리
바다 한 자락이라도 삼키리
다음날 다음날의
슬픔까지 줄지어 오렴
꼬리 긴 행군처럼 오렴
달빛 별빛도 없는 밤길에서
내가 기다려 섰으마

정녕 무량한 슬픔이거든
떼구름처럼 두둥실 오렴
먹구름처럼 검게 오렴
문 열고 내가 기다릴 때
어서 들어오렴

# 차복아 차복아

유년의 추억 그 골목길엔
공동우물가에 빨래가 펄럭거리고
간간이 우체부가 다녀갔다
문둥이 부부가
어린 딸을 데리고 구걸 다녔는데
소녀는 백옥처럼
흠 없이 어여뻤다
그 아이를 잊을 수 없다

「차복아 차복아」라고
아들의 전사통지서를 받은
이웃집 할아버지가
핏빛 한 색깔의 노을 무렵이면
하늘을 향해
구령처럼 우렁차게
아들의 이름을 연호하던

그 음성을 잊을 수 없다

「차복아 차복아…」라고

# 좀 쉰다

최선 못다 하고 좀 쉰다
상처 자국에 손을 얹고
잠시나마 기도한 후에 좀 쉰다
오늘은 울고 나서
좀 쉰다

# 시계

그대의 나이 구십이라고
시계가 말한다
알고 있어, 내가 대답한다

시계가 나에게 묻는다
그대의 소망은 무엇인가
내가 대답한다
내면에서 꽃피는 자아와
최선을 다하는 분발이라고
그러나 잠시 후
나의 대답을 수정한다
사랑과 재물과
오래 사는 일이라고

시계는
즐겁게 한판 웃었다

그럴 테지 그럴 테지
그대는 속물 중의 속물이니
그쯤이 정답일 테지…
시계는 쉬지 않고
저만치 가 있다

# 사람 이야기

시 쓰다 버린
여러 구절들이 생각난다
관절이 삐걱거려 피와 살을
입혀 주지 못했었다
나 역시도
누군가의 실패한 문장일 수 있고
나를 버린 그들의 판단은
지당했으리

세상이 적막해진다
적막의 병정들이
구름처럼 몸 부풀리면서 온다
아니다
고요함은 탁월한 능력
사람은 소란으로 가득 차 있어
어지럽다

사람은 어지럽다 맞다

사람에겐 은총이 있다
못다 부른 긴 악보의
찬미가가 있다
조물주와 피조물 사이
전류가 흐른다 맞다

사람에겐
주야로 고여 오는
눈물이 있다
사람은 측은한 존재이다
측은하다 맞다
그러나 사람으로 태어난 일
한 번쯤은 나쁘지 않다
맞다 맞다

123

5

# 심각한 시

심각한 시는
편한 의자를 우리에게 권해 주며
좀 쉬게 좀이 아니고
오래 쉬어도 되네라고
나직이 말한다

민망하게 연민스러운
사람의 삶을 그는 알기에
위안이 모자란다
사랑이 모자란다고
그 자신의 잘못인 듯
통한의 가슴을 친다

심각한 시는
분장하지 않으며
훈장을 탐하지도 않는다

밥과 물처럼
익숙한 일상이면서
쉬라는 말을 자주 건네 준다
쉬면서 살아가고
쉬면서 사랑하고
쉬면서 시를 쓰라 한다

심각한 시는
밤과 새벽 사이의
어둠이자 빛이다
처음 듣는 신선한 독백이며
문 앞에 와 있는
영혼의 첫 손님이다

시인은
그를 연모하게 되면서

고통스럽게

언제나 배고프다

그러나 영광스럽다

# 젊은 시인들에게 · 1

젊은 시인들아
그대는 빠르고 사나운 표범을
그것도 여럿의 표범을
그대의 시 안에 기르고 있다

그대는 높게 빨리 말하고
나는 느리게 중얼거린다
그대는 부상負傷의 상습자
상처에서 흐르는 피를 누군가의 살결에
부벼 바른다

그대의 시는 나에게 충격을 준다
그대의 총탄에서 흩어지는 탄피가
내 감성의 살결을 뚫을 때
나는 야릇한 낭패감과
유쾌한 상찬으로

그대에게 되갚곤 했다

그대는 젊다
그대는 시인이다
이로써 다 되었다

# 젊은 시인들에게 · 2

그대는 오늘도
밤의 불침번으로
불 꺼진 도시풍경을 응시한다
낭만과 고독을 노래하며
시대의 불행을 번뇌한다
그대의 천직이다

서슬 푸른 문자로
세상사 아흔아홉 가지의 부조리를
시로 쓰는 그대
이 시대의 피리이며
순정의 곡비 哭婢 여

바라건대
부조리와 낭패감
살결 베이는

분노와 좌절에도
발 구르며 세상을 꾸짖지 말고
허리를 구부려
그 짐을 지거라

날 선 해부도로
가혹하게 그 자신을
점검하면서
멀고 먼 시인의 길을 찾아가는
젊은 시인들아
그대들을 사랑한다
사랑한다

# 시 학습 · 1

나의 시는 애벌레들의 비애와
그 생존의 지혜를 모른다
나의 시는
격심한 아픔의 체험이 없고
단두대에 선
사형수의 심정을 모른다
나의 시는
고뇌와 탐색이 부족하고
나의 시는
감상과 회고주의에 부침하며
세계와 미래에 관해 무지무능하다
고작 부족하다 부족하다고
자주 탄식한다

# 시 학습 · 2

현란한 어휘, 안 된다
나태한 정신, 안 된다
연민과 우수의 결핍, 안 된다
희망의 촉매가 없다, 안 된다
유약한 감상, 안 된다

뿌리부터 살핀다, 된다
간절해서 고통스럽다, 된다
상념의 심도深度와
정직한 개성을 지향한다, 된다
깊고 멀리 보는 시력을 학습한다, 된다
기도하고 또 기도한다
된다, 된다

# 노래

깃털 고운 새
노래도 곱디고운 새
책갈피 속에 오래 간직하렸더니
노래는 목쉬어 잦아들고
하르르 하르르 깃털에 남은
아련한 글씨

# 시지프스의 딸들

시지프스의 딸들아
일손을 멈추고 얼음냉수로 해갈하여라
북소리 울리는 가슴 편히 숨 쉬고
접었던 날개도 부채처럼 펴거라

운명의 사나이를 만나거든
서로 깊이 사랑하고
백일하白日下에 혼인하여라
못 견디게 사과가 먹고 싶거든
원 없이 먹고 그에게도 주어라
낙원에서 쫓겨나면
낙원 밖에서 새 낙원을 이루어라

그간엔
늙고 죽는 일이 안 되는
신화 속의 혈통이었거든

이제는 사람의 순리를 따라
못 해 본 그 일들을 해 보거라

무궁세월에
날마다 돌을 굴려
산 위로 올리는 시지프스.
그 아픈 뼈에서 태어난
노동의 딸들아
여자 시지프스들아
삶은 아름답고
세상은 좋은 곳이란다
정녕 그러하단다

# 화가 畫家

그 자신은
쓸모없는 사람이라는 고백을 담아
사랑하는 동생에게
마지막 편지를 보낸 후
한적한 밀밭에서
제 가슴을 총으로 쏘았으며
중상을 입고
사흘 만에 사망했다

백이십 년 후
그의 작품이 전시된
한국의 한 미술관에서
어린 학생들이
명작 名作 수업을 하고 있을 때
한 여성 노인이 손에 든
화집 표지에

'반 고흐'라는 이름이
빛살처럼 읽혔다

# 살고 싶은 집

나지막한 산기슭
숲 하나 가까이 있는 곳의
집 한 채.
좋은 책들과 안락의자 몇 개
간혹 울리는 전화
정다운 손님 몇이 왕래하고
음악과 영상기기
「예수의 두상」 작품 하나
꽃은 사방에서 피고
마음에도 피고

죄 없이 살면서, 는 아니고
가급 죄짓지 않으면서
나 혼자여도
은혜롭게 살아갈
그런 집 한 채

# 판결

사건번호도
판결문도 없는
문서 한 장이
미끄럼틀을 타고
배달되었다

「너무 늦었다」
「많이 잘못했다」
「왜 그랬니」의 다음 구절은
「그러고도 살고 있니」이다

새벽눈 같은 소금이
쏼쏼 뿌려진다

# 행간의 스승

어둠뿐인 어둠 없고
빛만 있는 빛도 없으리
어둠엔 빛의 가루 사금처럼 뿌려지고
빛에는 검은 씨앗 촘촘하리
사랑한 이는 지쳐 눕고
사랑받은 이는
그 사랑 갚으려고
귀로歸路에 있는지 몰라

한 분 스승이
어둠과 빛의 행간에 계시어
지혜의 책 한 권씩을
나눠 주시는지 몰라

# 간절하다

비는 거대한 분무기로 뿌리는
물의 가루이련만
어둠은 바람갈퀴 타고 다니는
유랑민의 혼령이련만
뭐라고 뭐라고 말을 한다

알아들을 듯
못 알아듣겠는 이거
말인가 울음인가
먼 곳의 웃음소리인가

한데 내 가슴 왜 이리 에이나
왜 전율로 응답하는가
유언遺言이듯 고애告愛이듯
간절하고 간절해서
나 못 살겠다

# 누구인가

내 의식의 터널을
느린 걸음으로 지나가는
저 사람 누구인가
내 한평생의
여러 낮밤이 다녀갔는데
「그래 여러 낮밤이 다녀갔지」
그 의식과 무의식의
통로를 거쳐 가는
저 사람 누구인가

꿈인지 생시인지도 모를
「몰라도 좋을」
내 시공의 어디쯤에서 어디까진가를
왕래하는 저 사람

말없이,

그러나 모든 소리와 울림이

그의 할 말인

저 사람

나의 누구인가

# 사람과 사랑을
# 마음 깊이 희원하는 시간들

유성호柳成浩 문학평론가·한양대 국문과 교수

## 1. 사람을 만나고 시를 쓰고

김남조金南祚 선생의 새로운 시집이 세상에 나온다. 제목은 '충만한 사랑'이라고 붙였다. 선생이 그 어느 때보다 정갈하고 간절한 사랑의 마음을 정성스레 담고 있는 이 근작近作들은, 모든 생명체가 일정한 시공간에 존재하다가 그 물리적 유한성으로 말미암아 결국은 사라져 간다는 엄연한 사실로부터 출발하고 있는 듯이 보인다. 다시 말해서 그 어떤 생명들도 그저 어떤 곳에 한순간 존재했던 것에 지나지 않는다는 불가항력의 '시간'이 그 바탕이 되고 있는 것이다. '영원성'이라는 것이 시간의 구속 자체가 없는 지속성을 뜻한다고 할 때, 영원한 것은 하나도 없는 셈이 된다. 그만큼 영원성이란, 오로지 그리움의 대상이 될 만한 것에 대해 부여하는 상상적 존재 형식일 뿐이다. 김남조 선생은 이러한 영원성과 그리움의 원리를 '시' 안에 통합하고 그 안에 담긴 시간 형식을 통해 인간 존재를 근원적으로 사유하는 대표적 시인이다. 이때 선생은 서정시가 본래적으로 가지는 영원성이나 근원성에 대한 탐구 의지에 지속적으로 근접해 간다. 더구나 그러한 근원성을 직접적으로 추구하지 않고 사물이나 그 사물이 지나간 흔적이나 잔상殘像을 통해 탐색하는 모습을 보여 줌으로써, 선생은 구체성과 형이상성을 통합하는 시간예술의 독자적 위상을 보여 준다. 먼저 다음 시편을 읽어 보자.

시 쓰다 버린
여러 구절들이 생각난다
관절이 삐걱거려 피와 살을
입혀 주지 못했었다
나 역시도
누군가의 실패한 문장일 수 있고
나를 버린 그들의 판단은
지당했으리

세상이 적막해진다
적막의 병정들이
구름처럼 몸 부풀리면서 온다
아니다
고요함은 탁월한 능력
사람은 소란으로 가득 차 있어
어지럽다
사람은 어지럽다 맞다

사람에겐 은총이 있다
못다 부른 긴 악보의
찬미가가 있다
조물주와 피조물 사이
전류가 흐른다 맞다

사람에겐
주야로 고여 오는
눈물이 있다
사람은 측은한 존재이다
측은하다 맞다
그러나 사람으로 태어난 일
한 번쯤은 나쁘지 않다
맞다 맞다

—「사람 이야기」 전문

　　선생이 노래하는 '사람 이야기'는 "시 쓰다 버린 / 여러 구절들"이라는 표현을 통해 선명하게 재현된다. 선생은 자신이 살아온 생애를 되돌아보면서 자신이 쓰다가 지워 버린 구절에 "피와 살을 / 입혀 주지" 못했던 것을 회한으로 고백한다. 물론 선생 역시 "누군가의 실패한 문장"일 수 있었으리라. 하지만 선생은 세상에 "적막의 병정들"이 다가올 때, 그 "고요함"이야말로 "탁월한 능력"이었다고 되뇌면서,

소란과 어지러움으로 가득한 세상을 상상적으로 비켜선다. 몇 차례 반복되는 "맞다"라는 긍정의 신호 아래, 사람에게 주어진 "못다 부른 긴 악보의 / 찬미가"를 자신이 써 온 '시'의 은유로 제시한다. 사람에게 은총이 주어지듯이 그와 똑같은 이치로 "주야로 고여 오는 / 눈물"이 있다는 것, 그래서 선생은 비록 사람이 "측은한 존재"일지라도 "사람으로 태어난 일 / 한 번쯤은 나쁘지 않다"라고 노래할 수 있는 것이 아니겠는가. 이러한 과정을 통해 선생은 삶의 궁극적 긍정에 이른다. 최근에 쓴 산문 「생의 보고서에 무슨 말을 담을 것인가」(『문학사상』, 2017. 4)에서 선생은 다음과 같이 썼다.

"첫째가 '사람을 만났다'이고 그다음은 '내가 사람이다'라는 말이 적혀 있어야 하겠다. 나뿐이 아니고 모든 사람의 삶은 사람인 누군가와의 만남에서 그의 기록의 첫 행이 쓰인다. 이 과정 후에 '나'라고 하는 자아의 발견에 도달하고 점차로 집요하고 고통스러운 자아의 감옥에 갇히게 된다. 이것이 모든 이의 삶의 유사성이며 인간의 본질임을 깨달으면서 서서히 평온해진다."

김남조 선생은 '사람을 만났다'와 '내가 사람이다'라는 말로 자신의 삶을 요약한다. "집요하고 고통스러운 자아의 감옥"에서 벗어나 "서서히 평온해진" 노경老境을 고백해 간다. 우리가 잘 알거니와, 그동안 김남조 선생이 노래해 온 테마는 에로스적 사랑과 아가페적 사랑이 아스라하게 손잡고 있었다는 점에 뚜렷한 특징이 있었다. 그것이 연인이든 신神이든, 김남조 시편에서 사랑의 대상들은 무심한 사물이 아니라, 시인과 동일한 자의식을 가진 살아 있는 존재들이었다. 그래서 김남조 시편의 사랑은 회귀적인 것이 아니라, 타자와의 상호 소통적 성격을 띠는 것이었다. 그의 시세계에는 이처럼 사람에 대한 긍정 과정이 어김없이 반짝이면서, 사랑을 통한 궁극적 구원이라는 목표가 선명하게 나타나는 것이다. 결국 김남조 시편은 단아하고 경건한 목소리를 통해, 경험적 주체와 시적 주체가 통합된 발화를 통해, 궁극적 자기 완성에 이르는 고전적 영역을 한국 문학사에 더욱 심화시켰다고 할 수 있다. 「사람 이야기」 역시 그러한 시간의 비밀을 전해 주는 귀한 자료가 될 것이다.

그런가 하면 우리는 김남조 선생의 '시인'으로서의 자의식을 보여 주는 시편들을 이번 시집에서 여럿 만날 수 있다. 물론 모든 예술은 대상 재현보다는 주체 탐색의 의미를 선차적으로 가질 때가 많다. 특별히 서정시의 경우 자기 회귀성은 훨씬 널리 인정되고 있는 일차 속성일 터이다. 김남조 선생은 자아 탐구와 심미적 함축을 욕망하는 '시' 자체, 그리고 시를 쓰는 '시인' 자신에 대해 깊은 경험과 사유를 전개해 간다.

심각한 시는
편한 의자를 우리에게 권해 주며
좀 쉬게 좀이 아니고

오래 쉬어도 되네라고
나직이 말한다

민망하게 연민스러운
사람의 삶을 그는 알기에
위안이 모자란다
사랑이 모자란다고
그 자신의 잘못인 듯
통한의 가슴을 친다

심각한 시는
분장하지 않으며
훈장을 탐하지도 않는다
밥과 물처럼
익숙한 일상이면서
쉬라는 말을 자주 건네 준다
쉬면서 살아가고
쉬면서 사랑하고
쉬면서 시를 쓰라 한다

심각한 시는
밤과 새벽 사이의
어둠이자 빛이다
처음 듣는 신선한 독백이며

문 앞에 와 있는
영혼의 첫 손님이다

시인은
그를 연모하게 되면서
고통스럽게
언제나 배고프다
그러나 영광스럽다

—「심각한 시」전문

'심각한 시'라고 해서 지나치게 가라앉아 있거나 힘을 주고 있지 않다. 오히려 선생은 가장 편안한 의자를 권해 주면서 나직한 쉼을 주는 세계를 '심각한 시'에 부여하고 있다. 그 '쉼'의 질서 안에는, 비록 모자라기는 하지만 '위안'과 '사랑'이 있고, "연민스러운 / 사람의 삶"을 아는 오랜 "통한"이 깃들어 있다. '분장'이나 '훈장'을 탐하지도 않으며, "쉬면서 살아가고 / 쉬면서 사랑하고 / 쉬면서 시를 쓰라"는 권면이 바로 '심각한 시'가 던져 주는 궁극적 전언인 셈이다. 어떻게 생각하면 '심각한 시'는 우리에게 열심히 살아가고 사랑하고 시를 쓰라고 할 것 같지만, 진정한 '심각한 시'는 아이러니하게도 '쉼'을 강조한다고 선생은 믿는다. 그렇게 "밤과 새벽 사이의 / 어둠이자 빛"인 김남조 선생의 '시'는, "처음 듣는 신선한 독백이며 / 문 앞에 와 있는 / 영혼의 첫 손님"으로 우리에게 와 있는 것이다. 그리고 자신의 실존이기도 할 '시'에서 선생은 '연모/고통/영광'을 동시에 느끼는데, 이는 그야말로 산뜻하고 자유로운 '시 쓰기'의 속성이자, 넉넉하게 맞이하는 사랑과 고통과 영광의 자의식이 아닐 수 없다. 거장다운 역설적 시 쓰기의 고백과 성찰이 그 안에 있다. 그래서 우리는 선생이 노래한 "이 시대의 피리이며 / 순정의 곡비哭婢"(「젊은 시인들에게·2」)라는 구절을 선생께 다시 되돌려드릴 수 있으리라.


## 2. 사랑과 구원의 시학

그 다음으로 우리가 살필 수 있는 김남조 선생의 음역音域은, 선생의 종요로운 시적 테마였던 '사랑'과 '구원'의 시학일 것이다. 아마도 깊은 그리움과 상상적 회감回感에 의해 발원하고 있는 이 시편들은, 신성한 존재에 대한 믿음과 함께 지상의 구체적인 존재자를 향한 사랑의 감각에 의해 뒷받침되는 세계를 구성하고 있다. 그만큼 우리는 선생의 이러한 시편들을 통해 가장 오래고도 형이상학적인 근원을 사유하는 일과 가장 아름다운 시를 쓰는 일이 고스란히 겹쳐 있음을 선명하게 알게 된다.

그대 함께 가고 싶어
등짐 무겁고 신발 해져도
포승으로 두 팔이 묶인다 해도

그대 있어 그대 있어
안도하고 싶어
다음 세상의 끝날까지
끝날 그다음에도
그대 함께 있고 싶어

천하시공天下時空과
무궁세월無窮歲月마저 뭉개지는
어느 때 그쯤에는
어떤 연분도 손 놓고 쉬리니
우리도 그리하자

—「동행」전문

선생은 '그대'라고 호명하는 이인칭의 존재자를 세상의 동반자로 삼고 싶지만, "등짐 무겁고 신발 해져도 / 포승으로 두 팔이 묶인다 해도"라는 구절이 암시하듯이, 그 동행의 길은 만만찮은 난경難境을 예감케 한다. 그러나 '그대'와의 동행으로 안도하면서 "다음 세상의 끝날까지 / 끝날 그다음에도" 그 동행을 이어 가리라 상상해 본다. 마치 "천하시공天下時空과 / 무궁세월無窮歲月마저 뭉개지는 / 어느 때 그쯤"까지 "사람 하나 / 나의 심장 안에"(「심장 안의 사람」) 살아가듯이 말이다. 그때 비로소 선생 또한 "어떤 연분도 / 손 놓고" 쉴 수 있을 것이다. "우리도 그리하자"는 따뜻한 권면이 선생의 지극한 염원과 다짐을 동시에 알려 주고 있다. 아마도 그 사람은 "죄 없이 살면서, 는 아니고 / 가급 죄짓지 않으면서"(「살고 싶은 집」) 함께 살아 줄 사람이 아닐까. 이처럼 내면이나 성정性情의 차원에서, 선생은 삶의 깊디깊은 이치에 천천히 가 닿는 지향을 사랑의 마음으로 표현한다. 선생은 우리가 무심히 지나치는 사물의 표면으로 들어가 거기 깃들어 있는 흔적이나 심층을 찾아내고 표현함으로써, 자신의 삶 속에 내재한 잠재적 사랑의 힘에 대해 깊이 주목하는 것이다. 바로 이 점이 이번 시집으로 하여금 상처를 많이 담고 있으면서도 사랑의 힘을 잃지 않게 하는 근원적 까닭이라고 할 수 있을 것이다.

사람에겐
그의 반쪽이 어디엔가 있다 한다
눈이 안 보이거나
음성이 잦아든 이도
서로를 알아보며
이름 부를 수 있다 한다
정신이 혼미하면
영혼으로 알아낸다

누군가가
하늘을 향해 외친다
주님 외엔 아무도 오지 않았습니다

주님이 응답하신다
내가 너의 그 사람이다
와서 안기거라

—「구원」전문

　무릇 '구원'이란 가장 비루한 상태에 있는 존재를 성
스러움으로 이월해 가는 신神의 은총일 것이다. 선생은 누
구나에게 있는 "그의 반쪽"을 상정하고 신뢰해 간다. "눈이
안 보이거나 / 음성이 잦아든" 경우라도 그 반쪽은 서로를
알아보면서 서로 이름 부르기도 한다. 만약 "정신이 혼미하
면 / 영혼으로"라도 그 존재를 알아채게 마련이다. 그러하
듯 사람은 그분의 유일성과 충만함을 고백하고, 그분은 "내
가 너의 그 사람이다 / 와서 안기거라"라고 말씀하심으로써
사람에게 응답하신다. '구원'이란 이렇게 신과 인간의 호혜
적 정성과 반응으로 이루어져 간다. 그 안에는 "용서를 구하
는 / 그 마음"(「승천·2」)이 있고, "가려진 묵시默示"(「아버
지의 초상」)를 읽어내는 밝은 눈이 있고, 종내에는 "내 마음
충만하고 / 영광스럽기까지"(「나그네」) 기다릴 줄 아는 심
장이 있다. 그때 인간은 "붉디붉은 / 심장"(「석류」)을 가지
고, "구세주의 고독은 / 홀로 장엄"(「주일 미사」)하시지 않
겠는가.
　일반적으로 '종교적 상상력'은 인간이 자신의 존재
값에 대하여 스스로 묻는 데서 생겨나는 실존적 장場이다.

그리고 그러한 물음이 절대자를 향해 확장되었다가 다시 자신으로 귀환하는 회로回路를 가진다. 이때 그 회귀의 힘이 되는 것이 '궁극적 관심ultimate concern'일 것이다. 하지만 궁극적 실재에 대한 관심은 다시 자기 자신으로 돌아오고, 결국 인간은 실존적 결단을 해 가며 자신의 삶을 영위해 간다. 따라서 그것은 인간의 자기 성찰과 뗄 수 없으며, 인간의 삶을 떠나서는 생각할 수 없는 어떤 것이 된다. '종교적 상상력'이 지상의 질서와 초월적 영성이라는 경계를 간단없이 오가야만 하는 까닭이 여기에 있을 것이다. 김남조 시학의 경개景槪는 이러한 배경 안에서 발원하고 완성되어 간다.

결국 김남조 선생은 '사랑'이라는 근원적 주제를 이루어 가는 모습을 통해 여러 절창絶唱들을 쏟아낸다. 그것은 열정이나 그리움이라는 원초적 차원을 벗어나서 종교적, 정신적 의미를 포괄하는 더욱 근원적이고 광범위한 영역으로 나아간다. 그리고 김남조 시에서 '사랑'에 대한 신비로운 발견은 천천히 신성한 세계로까지 확산되어 간다. 선생이 일관되게 추구해 온 '사랑'의 시학은 성숙한 연민으로 나아가고, 그러한 연민의 시선은 인간과 인간의 사랑을 넘어 신과 인간, 신과 자연, 인간과 자연의 관계로까지 끝없이 확장되어 '구원'을 예감케 해 주고 있는 것이다. 이번 시집『충만한 사랑』은 김남조 선생만의 그러한 균질성과 지속성의 총화로 우리에게 다가오고 있다.

## 3. '행간의 스승'으로서의 시간

원래 서정시는 시간에 대한 사후적事後的 경험 형식으로 착상
되고 씌어진다. 미래를 예견하거나 시간 자체를 초월하려는
시편이라 하더라도, 그것 역시 시간에 대한 가치 판단일 수밖
에 없다. 그만큼 서정시는 시간 자체에 대한 기억과 경험의 재
구성이라는 양식적 특성을 지닌다. 일찍이 남미의 시인 옥타
비오 파스Octavio Paz는 "일상적인 개념에서 시간은 미래를 지향
하는 현재이지만, 숙명적으로 과거에 닻을 내리는 미래가 된
다"(『활과 리라』)라고 피력한 바 있는데, 그만큼 서정시의 시
간 탐구 원리는 퍽 고유하고도 견고한 것이다. 이러한 원리를
구현해 가는 김남조 선생의 시편은, 남다른 기억을 통해 존재
론적 성찰의 목소리를 폭넓게 들려주고 있다는 점에서 단연
주목할 만하다. 물론 이러한 특성들은 오랜 시간 축적해 온 선
생의 시적 안목이 남다른 깊이를 지니고 있음을 말해 주는 유
력한 지표가 아닐 수 없을 것이다. 다음 작품을 읽어 보자.

> 그대의 나이 구십이라고
> 시계가 말한다
> 알고 있어, 내가 대답한다
>
> 시계가 나에게 묻는다
> 그대의 소망은 무엇인가
> 내가 대답한다
> 내면에서 꽃피는 자아와

최선을 다하는 분발이라고
그러나 잠시 후
나의 대답을 수정한다
사랑과 재물과
오래 사는 일이라고

시계는
즐겁게 한판 웃었다
그럴 테지 그럴 테지
그대는 속물 중의 속물이니
그쯤이 정답일 테지…
시계는 쉬지 않고
저만치 가 있다

—「시계」전문

    제29회 정지용문학상 수상작이기도 한 이 시편은,
'시간'의 무게와 의미를 암시해 주는 '시계'를 제재로 택하
고 있다. '시계'는 시인의 자연 연령을 일러 주고, 시인의 소
망을 수시로 물어 주는 삶의 동반자이다. 선생은 지금 가지
고 있는 소망이 이를테면 "내면에서 꽃피는 자아와 / 최선
을 다하는 분발이라고" 말한다. 그러나 곧 그 대답을 수정하
면서, 사실 자신의 소망은 여전히 지극히 세속적인 세목細目
들에 머물러 있다고 토로한다. '시계'는 어느새 그 대답을 긍

정하면서 "그대는 속물 중의 속물이니 / 그쯤이 정답일" 것
이라고 자못 여유있게 반응해 준다. 그렇게 '시계'는 시인과
"저만치"라는 거리를 둔 채 아득하고도 나란히 있는 것이
다. 여기서 '시계'는 자연스럽게 '시간'의 물리적 상관물이
며, "비통도 양식이니 / 조석朝夕으로"(「비통」) 먹어 왔던 시
간이나 "결연한 추락"(「낙엽」)마저 "어둑어둑 보인"(「망부
석」) 시간을 그 안에 담고 있다. 그만큼 김남조 선생은 인간
의 실존적 시간을 사유하고, 시간 안에서 유한자有限者로 살
아가는 인간을 반성하고 또 긍정해 간다.

　　우리가 잘 알듯이, 만일 인간이 창조한 언어가 인간
의 사유와 정서를 전달하는 도구로서 완벽한 것이었다면,
아마 서정시는 필요가 없었을지도 모른다. 김남조 선생은
'시간'을 향한 구체적 언어를 통해 새로운 시간의 원리를 구
축하면서, 우리의 몸 안팎에서 잊혀진, 그리고 몸 안팎에 가
득한 감각과 사유의 원리와 속성을 두루 찾아 언어적으로
복원해 간다. 서정시가 가질 법한 역설적 항체의 역할을 좀
더 강렬하게 이끌어 가고 있는 것이다.

　　　어둠뿐인 어둠 없고
　　　빛만 있는 빛도 없으리
　　　어둠엔 빛의 가루 사금처럼 뿌려지고
　　　빛에는 검은 씨앗 촘촘하리
　　　사랑한 이는 지쳐 눕고
　　　사랑받은 이는

그 사랑 갚으려고
귀로歸路에 있는지 몰라

한 분 스승이
어둠과 빛의 행간에 계시어
지혜의 책 한 권씩을
나눠 주시는지 몰라

―「행간의 스승」전문

　이 단아하고 아름다운 작품은 순수한 '빛'이나 순수한 '어둠'을 부정하면서, 어둠에도 "빛의 가루"가 뿌려져 있고, 빛에도 "검은 씨앗"이 촘촘하게 박혀 있다고 상상한다. 그래서 선생은 사랑을 하는 일이나 사랑을 받는 일도 크게 다르지 않아, 한쪽에서 지치면 다른 한쪽에서 그 사랑을 갚으려고 "귀로歸路에" 들어서고 있을 것이라고 노래한다. 이때 선생은 오랜 시간을 투과하면서 결국 "한 분 스승"을 만나는데, 그는 바로 "어둠과 빛의 행간"에서 "지혜의 책 한 권씩을 / 나눠 주시는" 시간의 힘에 존재의 바탕을 두고 있는 존재일 것이다. "더 장중해진 침묵"(「겨울 초대장」)으로 다가오는 "시간에게 겸손하기"(「시간에게」)를 배워 간 선생의 마음이 따듯함과 정성스러움으로 글썽이고 있는 순간이다. 그렇게 선생은 "나의 시는 / 격심한 아픔의 체험이 없고"(「시 학습·1」)라고 짐짓 고백하였지만, 우리는 선생의

170

시편에서 "노래는 목쉬어 잦아들고 / 하르르 하르르 깃털에 남은 / 아련한 글씨"(「노래」)를 만나 보게 되는 것이다.

물론 '시간'이란 우리의 삶 속에서 하나의 흐름으로 경험되고 기억되게 마련이다. 하지만 시간의 '흐름'은 그 자체로 물리적 실재가 아니라 하나의 가상적 은유일 뿐이다. 시간은 흐르지 않을뿐더러 어떤 가시적인 실재 또한 아니기 때문이다. 그래서 '시간'은 사람마다 다른 기억 속에서 구성될 수밖에 없는 어떤 것이고, 서정시 안에 구현된 시간은 경험적 시간 그대로가 아니라 미학적으로 구성된 '작품 내적 시간'이라고 할 수 있을 것이다. 그것이 바로 '행간의 스승'으로서의 시간이고, 그 시간의 힘과 결이 김남조 시학의 한 정점을 이루고 있는 것이다.


## 4. 고통 속의 치유와 영혼의 사랑

두루 알려져 있듯이, 김남조 초기 시편은 생명의 존귀함을 기리는 데 일관되게 바쳐졌다. 첫 시집 『목숨』(1953)으로부터 선생은 인간 상실의 상황을 고발하면서 생명에 대한 외경을 절절하게 보여 주었다. 이러한 초기 시편의 열정적 외침이 후기로 올수록 좀 더 사색적인 휴머니즘의 차원으로 나타났고, 또한 선생 스스로 자신에게 지상명령은 '사랑과 시'였다고 밝히고 있듯이, 에로스적 사랑과 아가페적 사랑 모두가 선생의 시 전반에 걸쳐 주된 탐구의 대상이 되었다고 할 수 있을 것이다. 그 후 김남조 선생은 한국 현대시의 대표 시인으로 확고한 위상을 굳힌다. 그 안에는 선생이 지속적으로 노래해 온 고통 속의 치유, 영혼의 사랑 과정이 섬세하고도 선 굵게 담겨 있다.

　　이번 신작시집 역시 '사람'과 '사랑'을 절실하게 희원 하는 시간들이 미학적 문양紋樣으로 서서히, 충만하게 번져 오는 과정을 이토록 아름답고 절절하고 융융하게 담아내고 있다. 김남조 시학의 극점에서 비추어지는 섬광의 기록이 아닐 수 없다. 그래서 우리는 이번 시집을 소중하게 안아 들 이면서, 선생이 앞으로도 더욱 깊은 시선과 마음으로 '사람' 을 사랑하고 '시'의 궁극을 사유해 가는 '시간'의 장엄과 심 미를 아울러 보여 주시면서, 은은하고도 정갈한 시편들을 써 가시기를, 마음 깊이, 희원해 보는 것이다.

# 충만한 사랑

김남조 시집

초판 1쇄 발행 2017년 9월 26일
초판 2쇄 발행 2017년 11월 20일
발행인 李起雄 발행처 悅話堂
전화 031-955-7000 팩스 031-955-7010
경기도 파주시 광인사길 25 파주출판도시
www.youlhwadang.co.kr   yhdp@youlhwadang.co.kr

등록번호 제10-74호 등록일자 1971년 7월 2일
편집 조윤형 김성호 디자인 공미경
인쇄 제책 (주)상지사피앤비

값은 뒤표지에 있습니다.
ISBN 978-89-301-0595-8

**Fullness of Love: Poems by Kim Nam Jo** ⓒ 2017 by Kim, Nam Jo
Published by Youlhwadang Publishers. Printed in Korea

이 도서의 국립중앙도서관 출판시도서목록(CIP)은
e-CIP 홈페이지(http://www.nl.go.kr/ecip)에서
이용하실 수 있습니다.(CIP제어번호: CIP2017023933)